松代夜話・鯉　他1話

～あなたへ贈る小さな物語～

しのぶひろ

本編に収録された三作品は全て創作による物語です。
作品中の地域、施設、人名等は、実在するものとは直接的な関係はありません。

もくじ

松代夜話

信州は昔から信仰の篤い国である。この国は周囲を雲をつく峻険《しゅんけん》な山々に囲まれている。そして村落はといえば、これら峨峨《がが》とした山々のひだの隙間に展開しており、そのために外部との交渉は著しく少なかった。しかも、この地方独特の『のっぺい』と呼ばれる赤土は耕作にはなはだ不向きで、人々は痩せた土地に蕎麦《そば》や麦を植え、綿花を栽培し、山間の狭い渓谷で蚕《かいこ》を育てながら慎ましやかな生活を営んできた。

しかし、こうした地理的条件こそが、阿《おもね》りを厭う、また粘り強い、信州の人々特有の気質を生み、彼らを学問へあるいは信仰へと駆り立てる風土を育んできたのであろう。

寒く凍りついたここ信州埴科《はにしな》の冬の夜空からは、今夜も綿のような雪が飽くことなく降り続いていた。既に二日の間降り積もった雪は、千曲川沿いの小さな松代の町全体を、厚く真っ白に覆い尽くしてしまっていた。

堀に囲まれた小さな城も、山の麓《ふもと》の寺も、深い森も、狭い畑も、降り積もる雪の中でひっそりと息を潜めていた。街中の通りも今夜は雪の中に沈んで、とうに人の姿は見えない。人はおろか犬も猫も、およそ動くものの影さえ見られない。ただ降り続く雪の掠《かす》れたような微《かす》かな音だけが、ひたすら時を刻んでいた。それでもよく見ると、家々の軒からはろうそくや行灯《あんどん》の仄《ほの》黄色い灯が零《こぼ》れて、墨絵のような町にそこだけ幽《かす》かな色彩を点じている。

この冬は特に雪が深く、寒さが厳しかった。家々では、鴨居《かもい》の下に新たな柱を立てて、積み重なる雪の重みに耐えていた。人々は灯火の薄明かりの中で肩を寄せ合い、震えながら遅い春の訪れを待ち望んでいた。

実際、今夜の冷え込みは格別であった。中町の外れの『つたや』という小さな酒屋では、主人はじめ一同（といっても、彼の妻と小僧が一人きりの家族であった）は店に続く六畳間で小さな掘炬燵《ほりごたつ》を囲み、背中を丸めていた。炬燵《こたつ》の脇にはくすんだ行灯が一つ置いてあって、僅かに朽葉《くちば》色の光彩を闇の中に放っていた。揺れる火影《ほかげ》のたもとで、主人は帳簿を繰《く》っては時折なにやら筆を加えていた。妻のおハツは先ほどまで夜着やら足袋《たび》やらを畳んでいたと見えたが、今はもう炬燵に潜って欠伸《あくび》を噛み潰している。小僧はといえば、主人の向かいでとうに舟を漕いでいる。

「どれ、そろそろ床に入るべ」

帳簿を投げ出して、大きく伸びをしながら主人が言うと、それをしおに二人は無言でのろのろと立ち上がった。

妻のおハツが床を延べようと薄い布団に手を延ばしたその時である。不意に、トントン、と表の木戸を叩く音がした。一瞬、三人の動きが止まり、聞き耳を立てる。

「誰だろう。こんな時分に」

主人は、いや誰だって訝らずにはいられない。

「風でねえしかいやあ」と、両の瞼を擦り擦り小僧が言った。

また、トントン、と聞こえた。

「どうも誰か来たようだ。出てみよう」と主人が起《た》つと、おハツは床を延べる手を止め、小僧とともに後に続いた。

「どなたですか」と、主人が問うと、

「明徳寺から参りました」と、明るいはっきりした声が返ってきた。

外は大雪で道もつけられていないはずなのに、どうやってここまで来たのだろう、と訝ったが、わざわざ訪れて来た人を追い返すわけにはいかない。とにかく、小僧を促して木戸を開けさせると、寺の小坊主が中へ滑り込んで来た。蓑《みの》も雪靴も真っ白であった。急いで来たと見え、息を弾ませている。頬の紅いのが、何か、とても印象的に見えた。

「明徳寺さんから……お酒かね？」と、主人は先日も同じ小坊主が酒を買いに来たことを思い出しながら尋ねた。

「はい……、酒をこれに」と、小坊主は大きな徳利を差し出して微笑んだ。

「それにしても、ねえ、お前さん。こんな雪の中をよくやって来られましたねえ」

小坊主はにっこり微笑んだだけで答えなかった。

「和尚さんが飲まれるんかや？」

「え？　ええ……」と、ちょっと口ごもってもぞもぞと言った。

そうしているうちに、小僧が奥から一升徳利を抱えて戻って来た。

「はい。一升」と主人が受けて渡すと、小坊主はぴょこんとお辞儀を一つして
「どうも有難う。お勘定は後で……」と言い残し、大きな徳利を大事そうに抱えながら、さっさと雪の中へ消えてしまった。

それにしても、重い酒徳利を抱えて、この深い雪の中を無事に帰れるかしら、と案じられる。炬燵に戻って熱い茶を啜りながら、ひとしきり話を今しがたの頬の紅い小坊主の上に巡らせてから、酒屋は行灯の灯を消した。


翌日は、雪が冬の空を磨き上げてくれたかのように、鮮やかに晴れ上がって

いた。町に降り積もった雪は、晴れ渡った冬の朝日に、眩しく銀色に煌《きら》めいていた。町々には、久方振りの明るい陽光を浴びてせっせと家の前の雪を掻いている人の姿が、そこかしこに見受けられた。

酒屋の主人は眩しそうに眼を細めながら外へ出た。数日来の暗鬱な曇天に慣らされた眼を射る光線の痛さを、むしろ心地好く感じながら。

明徳寺へ向かう雪道の両側では、どの家でも屋根の雪降ろしに余念がなかった。主人は会う人毎に明るく声を掛けながら歩いて行った。

「さて、それは妙じゃ。ワシは酒はいけぬのじゃが・・・・」

明徳寺の住職は、主人が数日来の酒代の催促に訪れたことを知ると、首を傾げた。

「でも、ちゃあんと明徳寺からだ、と小僧さんが言っていたがね」

主人は慌てて言葉を重ねた。

「はて、確かにそう言ったかね・・・・」と和尚は腕組みをしながら再び思案気に首を傾げていたが、やがて
「・・・思いたくはないが、あるいは小坊主が酒の飲みたさにワシの名を騙《かた》ってそんなことをしたのかも知れぬ・・・・どうじゃな、小坊主供をここへ呼ぶから、一体誰が買いに行ったのか探してもらうことにしては・・・・」と言った。

和尚の提案に不服のあろうはずがなかった。

和尚はその場で寺中の小坊主達を呼び集めた。小さな寺だからその数も知れたものである。

「これでみな揃ったが、この中に酒を買いに行った者は居るかな」と、和尚は

小坊主達と酒屋の主人とを交互に見比べながら尋ねた。

勿論、言われる前から主人は当の小坊主を眼で探していたのだが、何時まで経っても視線は定まらない。そのはずで、彼らの中に目的の人物を探し出すことが出来なかったのである。

何時まで眺めていても遂に埒《らち》が明かないことを悟った主人は、すっかりしょ気返って和尚に振り向いた。

「どうやら見つからないようじゃな」と、主人の様子から、その結果の自分に好もしいものであることを悟った住職は、鼻眼鏡の相好を崩して微笑んだ。

「大方、明徳寺の名を騙った不届き者の仕業じゃろうて。……ま、うちの小坊主でなくて何よりじゃった。お前さんも気の毒じゃが、仕方あるまい。これからは同じ様なことのないよう、よう気を付けなされや」

和尚の言葉に主人はいたく恥じ入った様子で、一言詫びの言葉を残して、すごすごと引き返すより仕方がなかった。

重い積雪を和らげ、家々の庇《ひさし》にひと時の温もりを通わせた日昼の陽射しが、千曲川の向こうの山並みに影を落とすと、町は再び冷たい冬の夜に返って行った。軒影から鈍い灯りが深まり行く薄闇の中へ漏れ出る頃になると、軽やかな雪が、白い胡蝶《こちょう》のように夜空に舞始めていた。

夜は深々と更けて行った。

既に店を仕舞った『つたや』では、いつもの六畳間に炬燵を囲み、冷えた身体を熱い茶に暖めていた。

「それにしても妙ですがな」と、小僧は昼間から同じ言葉を繰り返していた。

彼は、ふうーっと茶碗に息を掛けておいてから
「寺の小坊主の身なりをしてたのいよ。確かに」と、言うと、ゴクンと喉を鳴らして一口飲んだ。未だ少々熱過ぎたのだろう。慌てて顔をしかめ、それから大きく口を開けて息をついた。

主人はコツンと音をさせて煙管の灰を落とした。

「ええい、忌々しい。今度買いに来よったら捕まえて縛り上げてやるのだが……

……」

「そうだりよ。うんと懲らしめてやらないと……」

その時だった。確かに表の木戸を叩くトントン、という音があった。一瞬、三人は顔を見合わせた。主人は新たに煙草を詰めたばかりの煙管を放り出すようにして立ち上がった。彼は人差し指を唇に当てて合図を送り、二人は神妙に

肯き返した。静寂の中で再び、トントン、と扉が叩かれた。

「どなたですか」

「明徳寺から参りました」

間違いない。あの小坊主である。主人は小僧に向かって、指先を小刻みに振りながら「縄だ、縄……」と囁いた。眼を輝かせた小僧は大きく肯くと足音も立てず、素晴らしい速さで奥へ走り込んだ。

「はい、はい、只今……」と主人が木戸を開けると、薄らと雪を被った小坊主がにこにこと微笑みながら滑り込んで来た。急いでやって来たと見えて、上気した頬を紅く染めて息を弾ませている。小坊主が入って来たら有無を言わさず取り押さえるつもりで身構えていた主人は、何だか出鼻を挫かれたような気がした。

「あのオ、お酒を一升戴きにあがりました」

主人の様子などまるで気に掛ける素振りもなく、小坊主は相変わらず無邪気に微笑んでいる。主人はすんでのところで自分も微笑んでしまうところであった。それでも、背後から自分を呼ぶ小僧の声に励まされて、眉を吊り上げ、声を荒げることができた。

「この嘘つきめ。明徳寺から来ただと。いつまでもそんな嘘が通るものか。一体、何処の小坊主だ」

全く予期しなかった事態に驚いた小坊主は直ぐ逃げ出そうとしたが、主人に肩を掴まれると、呆気なく押さえつけられてしまった。

ところが、いざ捕らえてみると、この小坊主はなかなか強情なところがあって、名前も言わない。ただ、「明徳寺から来た」と、小さな声で言い張り、情けなさそうに謝るばかりであった。

「悪いと思って謝るのなら何故名前を言わねしか。明徳寺にお前のような小坊主の居らんことは分かっとる。素直に本当のことを言って詫びるなら許しもしようが……」

「本当に悪うございました。申し訳のう思っております。もう金輪際いたしませんよって、どうか堪忍してくださいさい」

「なら、名前を言いなさい。何処の寺の者だ」

「名前だけはお許し下さい。明徳寺の者に間違いありません」

「ええい、未だ言うか」

さすがに酒屋の主人も腹を立てたと見え、小坊主を荒縄で柱に縛り付けてしまった。

「それほど言うなら、明朝、明徳寺の和尚を呼んで来よう。それまで、罰としてそうしていなさい」と、言い捨てて床に就いてしまった。

柱に縛り付けられた小坊主の姿に、おハツは悲しそうに溜息をついた。

「お前さんが強情張るからだよ。あまり辛かったら呼んでおくれ」と言いつつ、小坊主の身体に半纏を掛けてやった。小坊主の傍らの火鉢に炭を継いでおいてから、彼女は床に入ったが、なかなか寝付かれなかった。時折布団から身体を起こしては、小坊主の様子を伺っていたが、それでも、いつしかうつらうつらと寝入ってしまっていた。


翌朝、主人は小坊主のことが心配で、普段より早く目が覚めた。外は未だ暗かった。彼は大きな欠伸をすると、立て続けにくしゃみを三つした。

「この寒さでは、少し可愛そうなことをしたかな」と、心に軽い疼きを感じながら、彼は小坊主の様子を見に行った。

未だ覚めやらぬ松代の町は、冬の冴え冴えとした漆黒の空の下で、静かな寝息を立てているようだった。それでも光の気配を敏感に察知した鶏の啼く鋭い声が、身を切る冷気を震わせ、小枝から零れる粉雪がはらはらと優しい音色を奏でていた。

と、雪の重みに撓《しな》っていた梢が勢いよく跳ね上がって、ざざーっと樹々の間に小さな雪の滝が生じた。

「おハツう、おハツう」

時ならぬ主人の声に、妻のおハツは殆ど反射的にとび起きていた。

「おハツ、早う来てみろ」

主人の声に促されて半纏を羽織りながら店へ出たおハツは、柱の前に一人呆然と佇む主人の姿を認めた。そこには、縛っておいたはずの小坊主の姿はなかったのである。

「お前さん、これは一体・・・」

「どうもこうもない。逃げてしまいよった、あの小坊主め。殊勝にしておれば、と心配して来てみたらこの通りだ」

「ええい」と言うと、主人は忌々しげに床を蹴った。

しかし、おハツには不思議なほど憤りが感じられなかった。そればかりか、心のどこかに安堵感さえあることに気付いていた。勿論今それを口に出すわけにはいかなかったが。

「でも・・・」と彼女は、何を言うべきか分からぬままに口にしてみた。「よく、まあ、あの縄を抜けられたこと」

主人は彼女の気持ちに気付いていないらしかった。

「もっと固く縛っておくべきだった。なまじ情けが仇だ」と、吐き捨てるように言うと、悔しそうに舌を打ち、おそらくはそこから逃げ出したのであろう、半分ほど開け放たれたままの木戸を閉めるために土間へ降りた。

外の雪は止んでいた。

「おーおお、またよう積もりよった」

木戸から首を突き出した主人は不機嫌な声で呟いたが、突然「おやっ」と言うなり動きを止めた。木戸から漏れる光と雪明りの中に、点々と続く小さな足跡を見つけたのである。

「ははあ、小坊主の奴め、慌てて逃げ出したのはよいが足跡を消すのを忘れよったな。まさか雪が止むとは思わなかったのだろう。天罰てきめんだ」

そう言うと主人は勝ち誇った様子で妻に振り返った。

「町の者が起き出して足跡が消されてしまわぬうちに、こいつを辿ってみよう。ようし、必ず居所を突き止めてやる」と言うが早いか、彼は未だ明けやらぬ雪明りの町へ飛び出していった。


雪の上に、小坊主の足跡ははっきりと残っていた。主人は背中を丸めながら、急ぎ足で足跡を辿って行った。小坊主の居所を突き止められるという確信が広がるにつれて、何だか彼は自分が楽しい秘密の遊戯に参加しているような気分になっていくのに気が付いた。彼は苦笑して立ち止まり、少し伸びをするようにして空を仰いだ。そこには夥《おびただ》しい数の星が氷の破片のように震えていた。

こうして、しみじみと夜空の星を仰ぎ見るのも久しぶりのことだ。彼は今更のように感心して、夜明け前の冬の夜空を眺めやった。

ふと思い出したように、再び、彼は足跡を辿り始めた。静かであった。こうして人気のない街の通りを、自分の足で砕く新雪の音だけを異様に大きく聞きながら歩んでいくと、何か不思議な深みの中に心が落ち込むようで、彼は自分が何のために歩いているのか忘れてしまいそうであった。時折、暁を告げる鶏の声が甲高く闇に響いて、彼の肩を揺すらなかったなら、彼は小坊主のことも忘れて、そのまま果てしなく歩き続けていたかもしれない。

東の空は漸く幾分白んできて、紫がかった幾筋かの雲を背景に、尼飾山《あまかざりやま》や黒々とした山の稜線が、大きな影絵のように浮かび上がって来ていた。

足跡は街の外れまで来ると横へ折れて、川沿いに皆神山《みなかみやま》の麓を巡る緩い上り坂へ続いていた。

「はて、これは明徳寺の方角だが。すると、やはり明徳寺の小坊主だろうか」

彼はちょっと首を捻って独り言を呟いた。

足跡は確かに石段を上り、明徳寺の境内へと消えていた。しかし、境内では、その足跡は庫裡《くり》へ向かってはおらず、弥勒堂へ向かっていたのである。

「ははあ」と彼は一人合《ご》ちた。「小坊主め、見つからぬように弥勒堂へ隠れよったな。莫迦な奴だ。弥勒様の罰が当たってしまうぞ」

ここまでくればもう捕らえたも同然である。弥勒堂の入口は一ヶ所だけであり、外へ向かった足跡もない。小さな弥勒堂の中では殆ど身を隠す場所とてないはずであった。

今頃、あの小坊主は自分の罪の発覚を恐れ、寒さに震えながら泣きべそでもかいているのではなかろうか。家を飛び出した頃の憤怒の情が、今の彼には少しも湧いてこないのが不思議であった。

深い闇はようやく緩み始めていた。夥しい星の輝きも、遠い空へ吸い込まれていくように、いつしかその数を減らしていった。庫裡には人の気配がする。

彼は、雪の上に点々と影を連ねる足跡を辿って、弥勒堂の扉を引いた。

「さあ、もう出て来なさい。ここに居るのは分かっている。もう手荒な真似はせんから。観念して出て来なさい」

返事はなかった。

「しおらしくしておれば、ワシから和尚に執り成してやろう。さあ、早く出て来なさい」

暗い弥勒堂の中を覗き込みながら、しばらく、主人はべそをかいた小坊主の現れるのを待った。しかし、堂の中はしんと静まり返り、物音一つ聞こえなかった。

何と強情な奴だ。さすがに主人は少々腹を立てて中へ踏み込んだ。未だ暗い堂の中も、闇に慣れた眼には何等不自由はなかった。狭い小さな弥勒堂の中を一当たり見回してから、主人は仏壇の裏側を覗いてみた。小坊主が身を隠せる場所はここをおいて他にはないはずであった。

ところが、当然身を小さくして震えているはずの小坊主の姿は、そこにも見出し得なかったのである。

「こりゃあ・・・、こりゃあどうしたことだ」

彼は狐にでもつままれたかのように、口を開けたままその場に立ち尽くした。

「不思議なこともあるものだ。この中へ入ったのは間違いないのだが・・・」

彼は思い直して雪の上の足跡を確認してみた。弥勒堂の周囲を見ても、小坊主の逃亡した形跡は見当たらなかった。

外は急速に明るさを増し、堂内の闇をゆっくりと溶かし始めていた。

「やはり、この中に居なければならんのだがなあ」

小首を傾げながら再び中へ入った主人は、諦め切れぬようにそう呟くと、ぼんやりと仏壇を見た。そこには、薄れ行く闇の中に、柔和な微笑を湛えた弥勒菩薩の姿が仄《ほの》かに浮かび上がっていた。

と、それまで腕を組んで遠いものでも眺めていたかのような主人の瞳が、突然大きく見開かれると、一点に凝固した。あまりの驚きに、彼の身体は空中で硬直し、次いで唇が、肩が、膝頭が、小刻みに震えたかと思うと、たちまち全身が震えだした。

彼は見た。仄暗い薄闇の中にはっきりと見た。荒縄で縛り上げられたままの弥勒菩薩の姿を。

腰を抜かさんばかりに驚いた主人は、声にならぬ悲鳴を上げながら弥勒堂を転がり出た。一目散に庫裡へ飛び込んだ主人は、唇を震わせながら事の次第をやっとの思いで住職に告げることが出来た。

この話は忽ち町中に知れ渡った。

酒屋の主人は弥勒菩薩に深く詫びた後、その日以来、毎晩欠かさず酒を供えて弥勒堂を詣でるようになった。

ある夜のことであった。酒屋の夢枕にこの菩薩が立たれ、彼の妻の懐妊を告げられたそうである。不思議なこともあるものと訝ったが、その後まもなく、本当におハツに子ができたことが知れた。こうして、諦めていた子宝にも恵まれた酒屋は、屋号を『弥勒屋』と改めて熱心に仕事に励み、その後大いに繁盛したということである。

私はこの話を、嘗て北陸のある町の大学に奉職していた頃、隣の職員宿舎の住人である乙部という研究生から聞いた。

彼はある製薬会社から派遣された研究生で、空室のあった宿舎の一室に起居しながら腸内細菌についての研究に従事しているという噂だった。何でも新婚の妻と乳児を残したまま、単身で赴任して来ているとのことで、私とは宿舎の近くの小さな小料理屋で度々顔を合わせていた。

寝付かれぬ夜、私がその店に出向くと、必ずカウンターの前には彼が居た。

彼と会うのは殆どこの店でだけであり、今までは特別親しく話した覚えはなかった。もっとも、私が行く頃にはいつも、彼は既に相当酔っていて、真面目に話せるような状態ではなかったが。そんな彼が、今夜はどうした風の吹き回しか、彼の方から話しかけてきた。

先日学内誌に掲載された自己紹介を兼ねた私の随筆めいたものを、彼が読んだらしい。誘われるままに彼の隣で杯を交わしていると

「ひとつ面白い話を聞かせてあげましょう。あなたなら、興味を持つと思うから」

そう言うなり、彼は勝手にこの物語を話し始めた。話し終わった彼は、興味深げに耳を傾ける私に顔を近づけ、そっと大事な秘密でも打ち明けるかのように囁いた。いや、囁いたつもりだったのだろうが、酔いの回った彼の声は、少

しも囁き声になってはいなかった。何でも、彼はこの酒屋の末裔の遠縁に当たるのだと言うのだ。

「私の酒はね、弥勒様譲りというわけですわ、あはははは」

彼はもう回らぬ舌でそう言ったかと思うと、その場に突っ伏して寝てしまった。彼が長野の製薬会社からの研究生だということは知っていたが、実際に長野の出身かどうかは聞いたことがない。目の前でホタルイカを酢みそで和えていた店の主人に尋ねてみると、「さあ、乙部さんって、北海道の出身とか言っとられんかったっけえ?」と笑っていた。

鯉

相州鎌倉郡股野《またの》村の吾平といえば、近郷近在知らぬ者がない乱暴者で、その悪名はつとに知れ渡っていた。悪童どもを従えては村から町を練り歩き、商家を覗いては悪態をついて強請《ゆす》り、他人の畑の芋や瓜も好き放題に漁りまくって、顰蹙《ひんしゅく》を買っていた。何しろ身体は六尺に及ぶ大男で、力も強く、その上、近隣のはぐれ者を従えて、いつも徒党を組んでのし歩いていたものだから、誰も恐れをなして意見など出来る者はいない。

吾平の家は昔はれっきとした土地持ちで、大そう羽振りも良かったが、幼い時分に父親を急な病で亡くしてから身代《しんだい》も傾き、今では自分の家の食い扶持にさえ難渋する小さい畑を残すのみである。

母親の小奈津は、正直で信心深く優しい人柄で、村人からも親しまれていた。若い頃はなかなかの器量良しであったが、苦労を重ねるうちにすっかり窶《やつ》れ果て、髪には白いものが多くなった。近頃では、歳以上に顔の皺も目立って見える。細い腕や脚を泥だらけにしながら小さな畑を耕し、貧しいながらも、幼い吾平を女手一つで育ててきた。

ある日、村の与左衛門の鶏小屋が壊され、鶏と卵が盗まれた。野犬が襲ったかのように細工されてはいても、吾平の仕業であることを疑うものはない。

日頃から吾平の悪行を腹に据えかねていた与左衛門は、眉を吊り上げて小奈津に抗議した。母は平身低頭平謝りであったが、ちょうど間が悪く、そこへ吾平が帰宅した。与左衛門を認めるや、自分の悪行を棚に上げ、「おい、おめえ、何しに来やがった」と怒鳴りつけると、土間にあった鎌を振り上げ、足蹴にして木戸から外へ蹴りだしてしまった。

可哀想に、与左衛門は前歯の二本が欠け、肋骨を三本折り、それ以後は畑仕事のろくに出来ない身体になってしまった。

本家の太平爺《じい》が見るに見かねて、諭《さと》しに訪れたことがあった。そんなことでは死んだ父親も草葉の陰で泣いて居ろう。ご先祖にも申し訳ない。親戚中に迷惑をかけ、お前の母親がどんな気持ちでいるか考えてみろ。と、懇々と諭す太平爺の前でも、ふてくされて茶碗酒をあおっていたが、酔いが回るに連れて眼が据わってきたかと思うと、「うるせえやい、このくそ爺《じじい》。先祖、先祖って、そんなに先祖が大事《でえじ》なら、てめえが先祖の墓に入りゃあがれ」と、言うが早いか、木戸口の心張り棒を持ち出して振り回し、今にも太平爺を叩きすえようとする。

驚いた太平爺は土間へ転げ落ち、ほうほうのていで逃げ出したが、その時の打ち所が悪かったのか、その後半年あまりすると、本当に墓の中へ入ってしまった。

そんなこともあって、誰も吾平に意見する者はいなくなり、吾平の傍若無人《ぼうじゃくぶじん》ぶりはもう手がつけられなくなってしまった。

最近、すっかり老け込んで見える母の小奈津は、畑仕事の終わりには毎日決まって観音堂に詣《もう》で、長い間じっと手を合わせていた。何度わが子を戒《いまし》めたことか。聞く耳持たぬわが子ではあるが、吾平がこうなったのも自分に非があるからに違いない。子は親の姿を映す鏡であってみれば、あの子の中に己の業《ごう》が宿っているのであろうかと、小奈津は人気のない観音堂の傍らで、そっと目尻をぬぐった。

相模の原にはさして高い山はない。この村では、福龍寺の裏山に登るまでもなく、広大な畑のあちこちで、遠く大山やこれに連なる丹沢の山並みを望み、雪を戴《いただ》く富士の峰を仰ぎ見ることが出来た。

野辺は白、黄、赤紫の花々で彩られ、柔らかな光と風が肌に心地よく、若葉のみずみずしい香りが野に満ちる頃であった。その日は、まばゆい青空に黒や赤の鯉のぼりが風に泳ぎ、子供達の甲高い叫声にも何となく心浮き立つ日であった。

小奈津は夏を迎える準備に衣装箱を整えていて、古い色あせた鯉のぼりを見つけた。吾平が生まれて間もない頃、我が子の健やかな成長を思い、夫とともに遠くの町まで出向いて購った真鯉と緋鯉の鯉のぼりである。当時としては未だ稀な木綿布の作りで、人一人分の大きさもあろうかと思われる立派な鯉のぼりであった。懐具合と算段しながらも思い切って奮発し、村まで大切に抱えて帰った思い出の品だ。これほど立派な鯉のぼりは村でもそうはあるまいと思われ、それが風を孕《はら》んで泳ぐ姿を思い浮かべては急ぎ足で戻ったものだった。

あの日も晴れ渡った青空だった。庭の隅に二人で柱を立て、見上げた時の鯉のぼりは陽の光に燦然《さんぜん》と輝き、力強く空を泳いでいた。それから何回この鯉のぼりを揚げただろうか。夫を亡くしてからというもの、行李の奥深く仕舞いこまれたまま、二度と空を泳ぐことはなかった。

彼女は思い立って仏壇の前に座ると静かに眼を閉じた。あの頃の、夫と吾平との楽しかった日々の記憶が心に蘇《よみがえ》り、今は黄ばんで色の褪せた緋鯉を、彼女は胸に強く抱きしめた。

そんなある日のこと、村の年寄り達が連れ立って小奈津を訪ねて来た。何やらお互い小声で囁き合っていたが、やがてそのうちの一人がおずおずと進み出て言い出した。

「はっきりした証《あかし》があるわけではねえし、言いにくいんだが、実は昨日観音堂の錠が破られての、賽銭がごっそり盗まれちまってよ。そのお・・・賽銭盗んだんが、どうやら吾平らしいっち言うもんがおるでよ」一人が切り出すと後ろからさらに口を入れる者がいて

「そんだけでねえだ。そのどさくさで観音様の腕を折っちまっただよ」

「取り返しがつかねえこったよう。えらい罰当たりなことしくさって」

「そんだ。村に罰が当てられでもしたらえらいこっちゃ」

「そんだ、そんだ」

彼らの訪問を知った時から、小奈津には胸騒ぎがして、そこそこの覚悟は決めていたつもりだったが、この言葉は彼女が身構えたつもりの小さな盾を容赦なく貫いてしまった。

「ええ、まさか、いくらなんでも、そんな罰当たりなことを……」

するわけがない、と即座に否定できないのが辛《つら》かった。

「お前さんに聞かせるのは気の毒なんだが、昨日の晩、吾平が悪童共を引き連れて観音堂へ行くのを見た者がおるでのう。しかも昨夜は花街でさんざん豪遊しとったっつうし。そんな金何処で手に入れた、いわれたら……」

聞いているうち小奈津は目眩《めまい》を覚えた。今までどんなに悪行を重ね人様から誹《そし》られようと、きっといつかは気付いて改心してくれるものと、心の底では信じ続けてきた我が子である。それが、あろうことか賽銭泥棒を働いたばかりか、観音堂を破り、観音様に傷さえつけたのだとしたら……。

「分かっただ。本当に吾平の仕業かどうか、わしが確かめてみるだ。もし、吾平の仕業に間違いなければ、わしにも覚悟がある。きっとその償いはするよって、後はわしに任せてくれろ」

その日、日が落ちても小奈津は仏壇の前に座ったまま、火の気のない暗い家の中で、いつまでも動こうとしなかった。

吾平が家に戻ったのは明け方近かった。いつものように酔って上機嫌で板戸を開けると、柄杓《ひしゃく》で酔い覚ましの水を旨そうに飲み干した。水を飲み終わると、ふーっと大きく息をついて、板の間にごろりと横になった。

吾平が深夜に帰宅するのも、がたぴしと板戸を開けて土間に転がり込むのも、酔い覚ましに水甕《みずがめ》から柄杓で掬《すく》い取った水を飲み干すのも、そして囲炉裏を切った板縁《いたえん》にそのまま突っ伏すのも、みんないつもの通りだった。唯一つ、どんなに吾平が遅く帰ろうと、板戸を開ける音に応えて奥から出迎えに姿を見せる母親の姿が、今夜は見られなかった。

「ああ。おっかあ」と、吾平は寝ながら奥へ声を掛けた。「おい、今帰《けえ》ったぞ。おおい、おっかあ」

しかし、家の中から応えはなかった。

「なんだ。この吾平さまが帰って来たってえのに、返事も出来ねえのかよ」

不承不承に吾平は起き上がり、おぼつかない足取りで襖を開けた。仏壇の灯明が揺れた。吾平は、仏前に薄ら紅い襤褸《ぼろ》切れを肩から纏《まと》ったまま座っている母親の姿を認めた。初めは母が何を纏っているのかと訝《いぶか》ったが、よく見ると色の褪《あ》せた鯉のぼりであった。

「なんだ。そんなとこで何しとるんじゃ。何か変なもんを肩に掛けとるが、何だ、そりゃ。鯉のぼりでねえか。気でもふれたかと思ったぞ。ああ、酔った、酔った。おらはもう寝るぞ」

言い捨てて、小奈津の傍らに再び突っ伏してしまった。

それまで黙って頭を垂れていた小奈津が静かに口を利いた。

「吾平や、吾平」

「ああ、なんじゃ。もう眠い。話なら明日にしてくれ」

「お前、今日は何処へ行っておった。花街で遊び呆けているのを見たもんがおるそうじゃ」

吾平はちらと薄目を開けたが、うるさそうに背中を向け、また眼を閉じてしまった。

「遊びに使うた金はどういう素性の金じゃ」

「あん、うるさいのう。どんな素性の金でも構わんべ。金は天下の回りもんだべさ」

「夕べ、観音堂の賽銭が盗まれたって言うでねえか」

「眠い言うとろうが。話は明日じゃ」

「賽銭のことだけじゃねえ。お堂の中で暴れて観音様の腕を折ったというでねえか。おめえはいつからそんな罰当たりな人間になっただ」

次第に小奈津の声は震え、涙がこみ上げた。「わしが毎日観音堂に詣でておることはお前《めえ》だって知っておろう。わしが何を祈っておるかお前には分からんのか」小奈津は泣きながら声を絞り出した。

「わしは、わしは観音様に……」

これを聞いた吾平はむくっとその場に起き上がると、いきなり声を荒げた。

「なんだと、ほんじゃあ、何かい。おっかあは、おらが、それをやった下手人だってえのかい」

「違うというのか。きっとか。きっと違うと言えるのじゃな」

吾平はふてくされた顔をあらぬ方へ向けたまま答えようとしない。

「お前《めえ》が、お天道様に向かってそう言えるのならそれでよい。だが、わしはお前の親じゃ。わしにはお前の心の中がよう見えるのじゃ」

「ふん、なら、それでいいべ。おらの心の中が分かっているなら、わざわざ聞くまでもなかんべえ。おらあ、観音様も、閻魔様も信じねえだぞ。そんなものはねえだ。おっかあ、いくら拝んだって、額を地べたに擦りつけたって、誰《だ》あれも助けてなんてくれねえぞ。おらあ、誰もあてにしねえ。誰もあてにさせねえ。おらあ、現世を楽しく暮らすだ。後世あてにするなんざあ、まっぴらだ」
言い捨てて、吾平はまたごろりと横になった。揺れるろうそくの火影で、小奈津はただ肩を打ちふるわせながらうつむくばかりであった。

思えば、吾平が未だ五つか六つの頃だ。あれほど逞しく、病気一つしたことのなかった亭主の治平が突然倒れたのは。働き者の治平は暗くなってようやく野良仕事から帰った。その日の我が子の様子など夫婦で語らいながら、夕餉の好物の泥鰌《どじょう》鍋を、旨そうにつついている時だった。突然こめかみの辺りをしきりに揉み出したかと思うと、鍋の中には未だ食べ残しの泥鰌をそのままに、今日はもう寝る、と言い出したのだ。常とは異なる夫の様子に、「どうしなすっただ。頭でも痛えのか」と小奈津が尋ねると、治平は、「うむ、ちょっとばかし」と大儀そうに答え、それでも気丈に自ら床を述べると、倒れこむように横になった。

それが治平の最後の言葉だった。それから三日三晩治平はただ鼾をかいて眠り続けた。その間、小奈津は殆ど一睡もせずに傍らで看病に努めた。水垢離《みずごり》をとり、観音堂にお百度を踏み、食事を絶ってひたすら神仏の加護を祈り続けた。幼い吾平は母親のただならぬ様子に不安を覚えつつ、わけの分からぬまま、小奈津の袖に縋《すが》りついていた。

しかし、幼いながらも、身辺にただならぬことが起きていることは分かるとみえ、母が涙を流すと震え、神仏に祈るときにはともに手を合わせた。四日目の早朝、治平の鼾が途絶えがちになり、やがて静寂が訪れた。親戚縁者が集まる中、小奈津の嗚咽《おえつ》だけが部屋に満ちた。その時、吾平は小奈津の袂《たもと》をしっかりと握り締めたまま目に涙をいっぱい溜めて、まっすぐ前を睨みつけていた。

ささやかな葬儀が済むと、いつまでも悲しんでばかりはいられない。小奈津は細い身体に鞭打って田を耕し、畑を畝った。しかし、幼い子供を抱えて女手一つでは、以前のようなわけには行かない。いつからか、節句の飾りも忘れ、鯉のぼりも立てなくなっていた。

その頃から、吾平の様子が明らかに変わった。

爽やかな朝であった。野を渡る風は、澄んだ心地よい香りを運んでいた。未だ寝床に潜り込んだままの吾平の元へ、手下の周作と八輔が尋ねて来た。

「吾平どん」と、周作は何か特別な情報をもたらす時のいつもの癖で、直ぐには話を切り出さず、まずは吾平の前でにたにた薄笑いを浮かべて見せた。

「ん？」眠りを妨げられた吾平は不機嫌そうに唸りながら不承不承に眼を開いた。「何だ。こんな朝っぱらから」

「おらあ、すっげえもんを見ただよ」

「何だ、そのすっげえもんてえのは」寝乱れた髪を掻きながら吾平は煩そうに尋ねた。

周作は焦らすように、へへへ、ともう一度薄ら笑いをしてから言った。

「今まで誰も見たことねえもんだよ」

「だから、いったい何なんだよ、そりゃあ。いい加減にしろや」

これ以上焦らすと拳が飛んできそうだと、頃合いを見計らった習作は言った。

「うん、実はな、昨日の朝方、高倉川ですっげえものを見たんだ。うん。でっけえ、化け物みてえにでっけえ魚だよ」

「何だ、魚か」

「何だ、とは何だよ。フカじゃねえかと思ったほどでっかくて、すげえ綺麗な魚だったぜ」

「馬鹿言え。あの川にそんなでっけえ魚が居るわけがなかんべえ」

「だども、ほんとに見ただよ。こいつも見ただ」と、隣の小柄で見るからにすばしっこそうな八輔をあごでしゃくると、八輔は怯えたように肩をすぼめて頷いた。

「いってえ、どんな魚なんでえ、そいつは」

「とっても……」と、八輔が応えようとするのを引き取って、人一人ほどもあるでっかい魚で、悠然と川下から上に向かって泳いでいたが、水中で身を翻すと鱗が朝日に映えてキラキラと黄金のように輝いた、と周作は説明した。

「家へ帰っておらんとこのお父ぅに話したら、やっぱり初めは信用せんかったで、急いで橋まで引っ張って行って見せただ。そいつが悠然と泳ぐ姿を見て、あれは鯉みてえだが、だけんどあんなでっけえ鯉さ、見たこたねえ。ありゃあ、この川の主に違えねえ。そっとしとくに限る、て言っとったぜ」

「おらんとこの婆様も」と、八輔が話を継いだ。「一目見るなりびっくらこいて、ありゃ神仏の使えかも知れねえって言って、拝んでただよ。おらが、石ころを投げつけようとしたら、罰当たりなことすんじゃあねえって、血相変えとっただ」

「そりゃあ、面白えじゃねえか」と、起き上がった吾平の眼は、すっかり好奇心に輝いていた。「早速、川さ行って見るべ」

「だけんど、見るだけにすんべえ。いたずらすっと、罰が当たるゆうとったで」

「ああ、分かった分かった」

言うが早いか、吾平は愛用の太いヤスを抱えて家を飛び出した。後に周作と八輔を従え、ヤスを肩にのし歩いていく吾平の姿を見て、二軒隣の彦八の家の飼い犬はそそくさと縁の下へ逃げ込んだ。

空は今日も光が満ちて、森ではホトトギスやキジバトの啼く声がかまびすしかったが、そんなものは吾平の耳には入らなかった。村はずれの定使橋《じょうづかいばし》の袂へ来て、三人は橋の上から川面を覗き込んだ。深い飯山《いいやま》の森から出た高倉川は広い畑地をぬって流れていた。川は初夏の光を浴びてきらきらと輝き、いつもと変わらぬ流れを見せていた。

しばらくじっと川面を伺っていた吾平は、

「なあんだ、別に何も居ねえじゃねえか。こんなちっぽけな川にそんなでっけえ鯉が住めるわけはなかんべえ。おめえたちは夢でも見たんじゃねえのかい。でなきゃ、朽ち木でも見間違えたんだろ」とがっかりして言った。

「うんにゃ、そんなはずはねえだ。おらんとこのお父うも見ただよ」

「うん、おらんとこの婆様《ばあ》もだ」と、周作と八輔は声をそろえて反論した。

「だけんど、そんなでっけえ鯉なんぞ、今まで誰も見たことねえでねえか」

「飯山の森に住んでたんが、下って来たんでねえだか。飯山の森にゃあおっそろしい獣も住んどるっちゅうでねえか」

「そんなもん、おるわけなかんべえ。こうしていても仕方ねえ。帰るべえ」

吾平がそう促して村へ戻りかけようとした時、

「あ、あいつだ」と八輔が甲高い声で叫んだ。

振り向くと、八輔の指差す水面に確かに何か大きな影が悠然と泳いでいるように見える。吾平は橋から身を乗り出すと手をかざしてみた。朝日が眩しく反射する水面を黒い影はゆっくりとこちらへ近づいてくる。

三人の居る橋の近くまで来ると、その黒い影の大きさは吾平の予想を超え、確かに人一人分もあろうかと思われる。実に大きな魚だ。ばしゃっと突然身体を捻って水面にその半身を躍らせた。水しぶきとともに魚体は朝日に輝き、金色の光沢を放った。それは、巨大な、神々しいまでに美しい緋鯉であった。鯉は橋の下まで来ると再び身を翻して鮮やかに煌めき、そしてまた悠然と泳いだ。

「よし、あいつを仕留めるだ」言うが早いか吾平はそこに着物を脱ぎ捨て、ヤスを片手にすばやく川へ入っていった。

「吾平どん、駄目だ。危ねえよ。罰が当たっちまうよ」

橋の上に残った二人がいくら叫んでも聞く耳を持つ吾平ではない。川の水はさほど深くはない。吾平は静かに一歩一歩川の中へと入っていった。鮎やウグイを捕らえるのは手馴れていたが、この鯉は今までの奴とは訳が違う。そっと近づいてヤスで一撃で仕留めてやる。吾平が近づいて来ることを知ってか知らずか、金色に輝く鯉は相変わらず水面近くをゆっくりと泳いでいる。もう一歩でヤスが届くところまで近づくと吾平は身を屈めヤスを構えた。すると殺気を感じたのか、鯉は吾平の手前で再び身を翻して橋の方へと向かった。ちっ、と舌打ちした吾平は橋の二人に向かって、

「おおい、石を投げてこっちへ追い込め」と叫んだ。

「ええ。そんなことしたら罰が」

「うるせえ、いいから石を投げろ。当たらねえようになげりゃあいいだろ」

「でも……」

「ぐずぐずすんな。罰なんざあ俺が全部引き受けてやらあ。早くしろ」

吾平の剣幕に押され、二人はいっせいに橋の上から石礫を投げ始めた。突然の石の礫に驚いた鯉がこれを避けようとしてもう一度身を翻した時、その瞬間を待ち構えていた吾平はヤスを思い切り鯉めがけて投げつけた。

吾平の腕に間違いはない。ヤスは金色に輝く鯉の胸鰭《むなびれ》の辺りを射抜いた。ヤスに胸を射抜かれた鯉は水面でけたたましく水しぶきを上げて身体をくねらせた。

「よし、やったぞ。今だ」

傷付いた鯉を捕らえようと吾平が飛び掛ると、一瞬早く、鯉は吾平の手をすり抜けた。しかし、かろうじて吾平の手を逃れたものの、胸鰭の辺りに深手を負った鯉は、時折川面で横向きになって苦しそうに頭を振った。

「しまった」

吾平は逃した獲物に再び飛び掛ろうとしたが、その時はもう、まっすぐに泳ぐこともままならぬ鯉の影は、光り輝く川面に吸い込まれるようにして、川下へと流されて行ってしまった。


その晩も吾平は町へ出て、朝の大捕り物の話題を肴に、悪童どもと酒に興じていた。

「いやあ、残念だったなあ、周作。もう少しだったのによう」したたかに酔った吾平が、傍らで酌をする若い女の肩をかき寄せながら言った。

「だけんど、あんた」と、まだ顔にあどけなさの残る飯盛り女のミヨが、裾から赤い襦袢を覗かせ、吾平にしなだれ掛かりながら尋ねた。既に大分酔っているとみえ、吾平を斜から見上げる眼は時折半眼になる。「あの川にそんなでっけえ鯉なんぞ、ほんとにいたのかえ」

「おらも初めは信じられなかっただがな。ほんとにいただよ、フカみてえな鯉が、なあ、周作」

「そんだ、そんだ。フカみてえなやつだった。口なんぞ、こんなにでっかくてよ」と周作はもう上半身をはだけて、大仰にふらふらと腕を振り回しながら大きな声で答えた。「おらあ、吾平どんが呑まれっちまうんでねえかと思ったくれぇだったよ」

「ああ、あれなら人一人くれぇ呑み込めそうだったな。おめえたちがビビるのも無理ゃねえや」

「しかし、吾平どんのヤスの腕はやはり大したもんだなあ。普通ならあれで動けなくなるはずだがなあ」

「あんなんなら、初めからヤスをもう二三本用意しときゃあいかったな。なあ、八輔、あん、おい八！」

半ば酔いつぶれていた八輔は吾平の怒鳴り声に驚いて我に返った。「そんだ、そんだ」

その様子がおかしくてまたひとしきり大笑いが起こった。

散々に呑み、笑い興じて、その夜も遅く吾平は村へ帰って行った。

鼻歌まじりで村はずれの定使橋の袂まで辿り着くと、昼間もう一歩のところで大物を取り逃がした悔しさが胸に蘇ってきた。吾平は、橋の上から暗い川面に向かって長々と放尿した。放尿し終わると、何だか悔しさもいっしょに流れたようで気分も晴れた。

上機嫌で家に辿り着いたのは今夜も真夜中だ。ふらつきながら凭《もた》れ掛かるようにして、家の軋む板戸を開けた。家の中は暗かったが、水甕の在処は眼を瞑っていても分かる。酔い覚ましの水を柄杓から旨そうに飲み干すと、ふーっと大きく息をついて、板の間にごろりと横になった。吾平が深夜に帰宅するのも、がたぴしと板戸を開けて土間に転がり込むのも、酔い覚ましに水甕から柄杓で掬い取った水を飲み干すのも、そしてそのまま板の間に突っ伏すのも、みんないつもの通りだった。だが、どんなに吾平が遅く帰ろうと、板戸を開ける音に応えて奥から出迎えに姿を見せる母親は現れなかった。

「ああ。おっかあ」と、吾平は寝ながら奥へ声を掛けた。「おい、今帰《けえ》ったぞ。

おおい、おっかあ」

しかし、家の中はしんとして応えはなかった。

「なんだ。可愛い我が子が帰って来たってえのに、返事も出来ねえのかよ。もう、寝たんか」

不承不承に吾平は起き上がり、おぼつかない足取りで襖《ふすま》を開けた。

「ん……」

今夜は仏壇の明かりが点っていない。吾平は手探りで灯明に灯を入れた。しかし、そこには小奈津の姿はなかった。ただ、仏壇の前には黄ばんで色あせた大きな鯉のぼりが一つ置かれていた。厠《かわや》にでも行ったのだろうかと、何気なく吾平が鯉のぼりに手を延ばすと、それは水を含んでじっとりと濡れていた。

「ん。何だ」と訝った吾平は、濡れた鯉のぼりに酔った眼を凝らしていたが、次の瞬間、忽ち酔いは醒め、彼の顔は蒼白に変わっていった。その色あせた緋鯉は新しい血で紅く染まり、胸鰭の部分にはまるでヤスで衝いたような大きな穴が開いていたのである。彼の脳裏にはいつか仏壇の前でこの緋鯉を肩から被った小奈津の姿が、今ありありと浮かび上がった。

「う。お、おっかあ……」

咽喉《のど》から絞り出すようにうめくと、彼は鯉のぼりを放り出し、厠へ走った。

「おっかあ」と呼んで厠の扉を開けても小奈津の姿はなかった。

「おっかあ、何処だ。おっかあ」

彼は裸足のまま外へ飛び出した。飛び出してはみたが当てがあるわけではない。小奈津が好んで訪れた観音堂の境内を覗いてみても人の気配はない。普段は寄り付きもしない自分の家の小さな畑に走ってみたが、そこにも小奈津の姿はなかった。日々丹精込めて小奈津が手を入れている畑には、ムギの穂や瓜の若葉が整然と並んでいるはずであったが、それさえも暗い闇に沈んで、僅かに青草の香が風にのって漂うばかりであった。

そうだ、あそこだ。あそこに違えねえ。と、思いついた吾平は、福龍寺にある治平の墓を目指した。次第に膨らみ飲み込まれそうになる不安から逃れようとするように、吾平はしゃにむに走った。彼は、自分があれほど頑なに拒み、否定し続けていた神仏に、今必死で祈りながら走り続けていることにさえ気付かなかった。寺までの道をこんなに遠く感じたことはない。夢中で寺の山門を駆け上がった吾平は、大きく喘ぎながら血走った眼を見開いて母の姿を探し求めた。

しかし、狭い境内にも墓地にも、吾平の気持ちも知らぬげに、のんびりと呼び合う蛙の声のほかは、ただ深い闇が広がるばかりであった。

「うわあ」と、大声で叫んだが声になっていたかどうかは分からない。彼は再び走り出していた。途中石に躓《つまず》き草に足を捕られ何度も転び、着物は破れ血が滲んだが痛みは全く感じなかった。村中を走り回り、探しあぐねた吾平はいつか、今朝鯉を追いかけた定使橋まで来ていた。疲れきった吾平は橋の袂に崩れ落ち、それでも眼を凝らして橋の下を窺《うかが》った。だが今、川面は闇に隠れ、ただざらざらと流れる高倉川の水音が聞こえるばかりであった。

その日から、吾平と小奈津の姿を見た者はない。しばらくは、病人のように窶れた吾平が家に籠《こも》っているらしいとの噂があったが、やがてはそんな噂も耳にしなくなり、年を経るにつれ、村人の記憶からも次第に忘れられてしまった。

この地は鎌倉に近いせいか、托鉢に歩く雲水の姿を見かけることはまれではない。彼らは軒先で経文を誦《ず》し、一鉢の信施《しんぜ》に礼を返しては修行の歩みを続ける。「かまくらみち」に沿った観音堂で足を休める雲水の姿も決して珍しいことではなかった。

ただ、ある年のその老いた雲水が暫し村人の話題になったのは、若い僧が多い雲水の中で、彼だけが常になく年老いていたのが訝られたからばかりではない。また、人目に立つほどに大柄であったという理由からばかりでもない。

その日は夜来の雨が上がって、澄み切った空には色とりどりの鯉のぼりが、爽やかな風にたなびいていた。

昼下がり、破れた汚い法衣を身に付けた一人の雲水が、何処からともなく村に現れた。手甲《てこう》、脚絆《きゃはん》は綻び、首に掛けた袈裟行李《けさごうり》は褪せて色も分からない。

草履は磨り減って殆ど裸足と変わりがなかった。彼はイヌナズナやオドリコソウが風に揺れる村道を疲れた足取りで辿ってきたが、ちょうど嘗て小奈津と吾平の家があった辺りで立ち止まると、ゆっくり腰を伸ばし、網代笠の先を僅かに掲げた。深い皺を刻んだ口元と灰色の髭が窺えたが、表情までは読み取れない。その辺りには既に人家はなく、一面はカヤ、ネズミムギ、ギシギシなど夥しい種類の雑草が繁茂するばかりであった。

彼は再び足を引きずるようにして歩を進めた。やがて、彼は村はずれの定使橋の袂に辿り着いた。彼は橋の袂に佇むと、そこでいつまでもじっと陽の光に輝く川面を見つめていた。

陽が傾き、野良仕事を終えた村人が橋の傍らを通り過ぎた時にも彼の姿はそこにあった。彼は定使橋の袂に佇んだまま、川に向かってひたすら静かに経文を誦《とな》え続けていた。穏やかなその読経《どきょう》の声は、高倉川のせせらぎの音ともつれあって川面に溶けた。

折しも、夕刻の時を告げる福龍寺の鐘の音が聞こえた。鐘の音は、嘗て幼い吾平が小奈津の腕に縋《すが》り付いて聞いた昔のままに、鯉のぼりが泳ぐ茜色の空を高く低くゆっくりと流れて行った。

十二天

その頃、東京が未だ江戸と呼ばれていた頃、いや、それもはっきりとはしないのです。もしかすると、それよりずっとずっと昔のことなのかも知れません。この辺りの川にも海にも、獺《かわうそ》がたくさんおりました。岸辺には集落も少なくて、すぐ近くまで山の緑が迫り、海の水は透き通って、波は穏やかでした。魚も貝もエビも、そして海藻も、獺たちのえさは豊富にあり、彼らはのんびりと日向ぼっこを楽しみ、平和に暮らしていました。

ある若くて美しい毛並みの獺が、岬の先端にある切り立った崖下の岩場で、いつものように昼寝をしていた時のことでした。海を渡るそよ風に運ばれて、何ともいえぬ心地よい美しい琵琶《びわ》の音が、彼の耳に聞こえてきたのです。琵琶の音は、波のさざめきや海鳥たちの呼び交す歌声を縫《ぬ》うように、ゆったりと水面を渡って流れてきます。初めは夢心地で聞いていたのですが、決して夢ではありませんでした。

一体誰が奏でているのだろう。獺は首をもたげてみましたが、何処にも人影はありません。しかし、琵琶の音は確かに何処からともなく聞こえて来るのです。その調べは、ある時は高くなり、また低くなり、まるで波の音にもつれ合うようにして獺の胸に染み渡りました。彼はこんなに美しく心を揺すられる調べを聴いたことがありませんでした。一体何処で、誰がこんなに美しい琵琶を弾いているのだろう、と若い獺は音を頼りにぐるりと岬の鼻を回ってゆっくりと泳いでみました。岬の向こう側から切り立った崖を見上げると、崖の上には小さな祠《ほこら》があって、琵琶の音はその辺りから聞こえてくるようです。

目を凝らしてみると、祠に近い松の木陰にもたれて、確かに小さな人影が見えます。どうやらこのヒトが琵琶を奏でているようでした。琵琶の音は時に強く崖に打ち寄せる波飛沫のように、また時にはゆったりと青空を舞う鳶《とび》の影のように、波間にたゆたっていました。若い獺はその美しい音色に聞き惚《ほ》れ、時の経つのも忘れておりました。

夜になって、ねぐらにしている岩屋に戻ってからも、彼は昼間の琵琶の音色が思い出され、なかなか寝付かれませんでした。あれは一体誰なのだろう。あんなに美しい音色を奏でることが出来るとは、さぞや名のある方に違いないと、彼は一晩中そのことばかり考えていました。

翌朝、日の出を待ちかねるように、彼は昨日の岬へ出かけて行きました。

その日も空は晴れ渡って、岬の海は光に満ちていました。あの美しい琵琶の音は今日も聞こえるのでしょうか。水面に身体を浮かせて獺が耳を澄ますと、朝の涼しい風にのって、小鳥の囀《さえず》りのような笛の音が聞こえるではありませんか。崖の上の松の木陰には、昨日と同じように小さな人影があり、笛の音はやはりそこから聞こえてくるようです。その横笛の音色は、昨日の琵琶の音と同じように、それはそれは美しく心に染み入るようで、獺は泳ぐことを忘れて、暫くは波間に漂いながら聞き恍れておりました。

聞いているうちに、この若い獺はどうしてもこの人の姿を間近で見てみたいと、いてもたってもいられなくなってきました。彼は崖の下からそっと岩をよじ登り、少しずつ岩と草の間をぬって、崖の上の祠の陰へ身を潜めました。見つかって驚かせてはいけないと、祠の陰から慎重に首だけを曲げて覗いた彼は思わず息をのみました。

松の木陰に凭れていたのは未だうら若い乙女でした。しかもその姿はこの世のものとは思われぬほど美しく、小さく小首を傾げて笛を吹く姿は、まるで天女のように見えました。

驚いた獺は叫び声を必死に抑えて、乙女の姿を見つめました。心臓は早鐘のように打ち、乙女に聞こえてしまうのではないかと思うほどでした。彼の見開いた瞳は瞬きさえ忘れて乙女に注がれ、耳には乙女の笛の音以外は何も聞こえなくなりました。その日は、自分がその後どうしていたのか、どうやって崖を降りたのか、彼は思い出せませんでした。

それからは、来る日も来る日も獺は岬の鼻の崖下で、乙女の奏でる琵琶や笛の音を聞きながら過ごしました。昼間は琵琶や笛の音に包まれて波間を漂い、夜は美しい乙女の面影を抱いて眠る日々でした。乙女と出会ってからは、殆ど魚を採ることも忘れて、一日中乙女を思い、美しい音楽に浸りきっていましたので、次第に獺の身体は痩せていってしまいました。周りの仲間達が心配して尋ねて行くと、彼はねぐらに籠ってとろんとした眼で虚空を見つめ、ただため息ばかりついているのです。

ある日、とうとう長老の獺が心配して彼に尋ねました。

「一体、近頃はどうしたというのかね。漁にも出かけず、元気がないのでみんな心配しておるぞ。何処か具合でも悪いのではないか。それとも、心配事でもあるのかね」

若い獺は、初めすこし躊躇《ためら》いましたが、思い切って乙女のことを長老に話しました。

「なんじゃ、そんなことか。若いということは、いいものじゃのう。夢中になれるものがあって。しかし、いかに恋いこがれようと、相手が人間ではどうにもなるまい。諦めるより仕方があるまいて」

長老に諭《さと》されるまでもなく、相手が人間では叶わぬ想いであることとはもとより承知しています。それでも想い切れるものではありません。諦めなければならないと思うと一層諦めきれず、想いは募るものです。日々、岬の鼻へ出かけては、乙女の奏でる楽曲に酔いつつ、ひたすら波間を潜ってただ身を焦がすばかりでした。

それから何日が過ぎたことでしょう。来る日も来る日も乙女のこと以外何も考えられず、諦めよう、忘れよう、と思えば思うほど恋しさは募るばかりだった彼は、ついに意を決して長老の獺に頼み込みました。「どうぞ人間に化ける術を私に授けてください」と、真剣な顔で頭を下げる若者に長老は驚いて諭しました。

「バカなことを考えるものではない。およそ天地には、六道があることを知っておろう。ヒトと我々獺とは住む世界が違う。生まれ変わらぬ限り他の世界にはいけぬ道理だ。ほんの一瞬でもヒトに化ける術は、年を経た獺だから許されること。若いお前がそんなことをしたら寿命を縮めてしまうぞ。お前は未だ若い。これから色々遣らねばならぬこともある。楽しいことだってたくさん待っておるのだ」

「いえそれでも構いません。このままでいては、私は長く生きる甲斐さえありません。せめてひと時でも楽しくあのヒトと語らうことができたら、私はそれで命を落としても本望です」

若い獺の真剣な願いを聞くうち、はじめはトンでもないことと取り合いもしなかった古老獺ですが、毎日毎日願いを聞かされ、窶《やつ》れて次第に衰えていく彼の姿を見るうち、このまま願いが叶わなければ、本当に死んでしまうに違いない、と心配になってきました。よし、それほどの覚悟ならば仕方がないと、長老は彼に人へ化ける秘法を授けることにしたのです。

長老から、死ぬほどの覚悟があるならと、秘法伝授の許可を受けると、たちまち彼の顔は輝いて、寝床から飛び起きました。その日から何ヶ月もの間、彼は古老獺に習って変身の術を一生懸命に練習しました。昼間は漁や食事の時間を惜しんで、そして夜は寝る間さえ惜しんで秘法の練習を繰り返しました。

通常、会得には何年も掛かる変身の術を、彼は少しでも速く会得しようと、波間から乙女を眺めたい気持ちさえ必死に堪えて、岬の鼻へ出かける時間も練習に当てました。懸命の努力の甲斐があって、長老も驚くような速さで上達した彼は、半年も経たぬうちに変身できるようになったのです。

長老からはもう大丈夫と、変身の術を使う許可がおろされました。「よいか。何度も言うようだが、この術は生気をとても必要とする。ましてお前は常ならぬ速さでこの術を会得《えとく》したからには、既に相当生気を消耗しておるはず。この術を使いすぎると命を落とすことになること、くれぐれも忘れぬように」と、何度も念を押してから、長老は彼を送り出しました。

喜び勇んだ彼は、翌朝、夜明け前に岩屋を出ました。岬の先で夜明けを待ち、乙女の楽曲が聞こえてくるのを待っていると、やがて爽やかな風と波の小さなさざめきに運ばれて、透き通るような琵琶の音が聞こえ始めました。彼が思い描き、憧れ続けたあの美しい音色です。辛く長かった長老との稽古が今報われる気がして、彼の胸は高鳴りました。早速、崖をよじ登って祠の影に身を隠します。今日も松の袂《たもと》ではいつかのように乙女が琵琶を奏でていました。琵琶を弾く指先は細く透き通るようでした。暫くは琵琶の音に聞き惚れ、乙女の美しい姿にぼんやり見とれていた獺でしたが、しかし、ふと気付いてみると、乙女にとって自分は全く面識がありません。どうやって乙女に近づいたらよいのでしょう。いきなり話しかければ怪しまれるに相違ありません。何かいい知恵はないかと思案しましたが思いつかぬまま、その日は過ぎて行きました。

それからは毎日毎日崖をよじ上っては祠の陰から乙女を見つめ過ごしていましたが、声を掛ける勇気もないまま、日々は過ぎていきました。

そんなある風の強い朝のことでした。その日も、祠の陰から横笛を奏でる乙女の姿に見とれていると、突然一陣の風がにわかに吹いて、乙女の黒髪を払いました。髪が瞳を払ったのでしょう。乙女があっと声をあげて顔に手をかざした瞬間、風は乙女の手から横笛を吹き飛ばしてしまいました。強い風にあおられて、笛はたちまち波立つ海へと吹き飛ばされてしまったのです。崖の下へ飛ばされていく笛を腕を伸ばして追いましたが、乙女にはどうすることも出来ません。細い指を噛んだまま笛が飲み込まれた海面を悲しそうに見つめるだけでした。

この様子を見た獺は急いで崖を駆け下りると、躊躇《ためら》うことなく荒れる海の中へ身を躍らせました。大きな波が音を立てて崖に打ち寄せていましたが、獺ですから泳ぎはお手のものです。荒れる波間も何のその、笛が落ちたあたりの海底を身体をよじって泳ぎ回りました。ありました。笛は小さな根の周りに繁茂した海草に引っかかっていました。いつも素早い小魚の群れを追い掛け回している獺にとっては、青黒い海藻の中で枯れ枝が引っかかるように見える笛を探し出すことは、それほど難しいことではありませんでした。

探し出した笛を携えて崖下へ戻った彼は、ぶるっと身を震わせて水を切りました。そして古老に習ったように、気を込めて呪文を唱えると、たちまち獺はりりしい若者の姿に変わりました。

彼は笛をなくして悄然《しょうぜん》とたたずむ乙女の傍らに静かに近づくと、笛を差し出して言いました。

「これはあなたのものではありませんか」

突然声を掛けられて、乙女は驚いて振り向きました。諦めきれずにいた大切な笛が戻ってきた驚きと喜びの余り、乙女は暫し言葉もでないほどでした。

「あなた様が、この笛を？　いったいどうやって海から」

ようやく我に返った乙女は、思わず問いかけました。思ったとおり、乙女の声は透き通って清らかで、まるでそよ風に鳴る鈴のようでした。

「私は泳ぎが得意なのです。これくらいのことは何でもありません」

若者から戻された笛を受け取ると、乙女は嬉しそうに微笑んで言いました。

「申し訳ございません。直ぐに御礼を申しあげるべきでしたのに、私としたことが。余り驚いてしまったものですから」

「いいえ、御礼には及びません。先ほど申し上げたように、私には造作もないことなのですから。それより、私のほうこそ御礼を言わなければなりません」

乙女は若者の言葉に、訝《いぶか》しげに小首を傾げました。

「いつも美しい音曲を聞かせてくれて、どうも有難う」

若者の思いがけない言葉に、乙女は恥らうように微笑むと、

「まあ、いつも聞いていてくださったのですか」と応えました。

「余りに美しい音色なので、誰が弾いているのだろうと、ずっと思っておりました」

「誰も聞いているものなどいないつもりでしたので、手慰みのつもりでした。お恥ずかしゅうございます」

その後は、何を話していたのでしょう。二人は時の経つのも忘れて、いつまでも語らい続けていました。夕暮れに別れる時には又明日の逢瀬《おうせ》を誓って別れるほど、二人の心は打ち解けあうことができたのです。

その日以来、次の日も、又次の日も、若者と乙女は、祠に近い松の袂で語ら

い、乙女の奏でる琵琶や横笛の音を肩を寄せ合って聞き惚れては、夢のような楽しい時を過ごしておりました。

その日もいつものように、二人は松の根方に寄り添い、音楽と語らいに興じておりました。ただ、その日はいつもと違い、時折ふっと乙女が寂しそうな顔で考え込むことに、若者は気づきました。自分の思い過ごしに違いないと、努めて平静を装ってはいたのですが、日暮れて自分の岩屋に戻ってからも、若者は乙女の寂しげな面影が気になり、その夜はよく寝付けませんでした。

翌日、昨日の乙女の顔を思い浮かべた若者は、心持ち急ぎ足で崖の上に上っていきました。ところが、そこに乙女の姿は見えません。その代わり、祠の周

りには大勢の村人が集まり、祠を覗き込んでは声だかに何やら話し合っていま
す。
遠くから様子を眺めていた若者は、やがておずおずと村人達の背後から尋ね
ました。
「いったいどうしたのですか。何があったのですか」
突然見知らぬ若者から声をかけられた村人はちょっと驚いたようでしたが、
「祠の弁天様を島へお返しせんばなんねえだよ」と、答えました。
事情がよく呑み込めずにいる若者に村人が説明するには、この岬の前の海で
は漁船の難破が相次ぎ、たまりかねた村長が寺の住職に相談したところ、直ち
に岬の上に弁財天を安置すべしとの神託を得たのだそうです。そこで早速、弁
財天を手に入れようと奔走したのですが、貧しい村では小さな弁財天の像一つ

購うのも容易なことではなかったのです。みんなで一生懸命銭を蓄えても、像を手に入れるまでに一年は掛かりそうです。

そこで住職があちら此方の伝《つて》を頼って計らい、漸く半島の向こうにある小さな島に祭られてあった弁財天を、一年限りの約束で借り受けることができたのです。弁財天をここに祭ってからは、不思議なことに船の難破が一度もなかったということでした。

村人たちはすっかりこの弁財天を崇《あが》め、愛おしんでいたのですが、いよいよ約束の期限が来て、これから元の島へお返しに上がるところなのだというのです。村人達も残念がってはいたのですが、お借りしている間に何とか代わりの小さな弁天様を都合できたし、島との約束事を違《たが》えるわけにはいきません。住職が重々しく経をあげてから祠の扉が開かれ、正装した村の世話役達の手で弁財天の像が恭しく祠から捧げ出されました。

　弁財天が、そのために用意されてあった白木の真新しい厨子の中へ納められる時、興味深げにその様子を少し離れて見守っていた若者は、弁財天のお姿を覗き込むなり、驚きのあまり思わず、あっと声を上げました。美しい弁財天の顔は、愛しいあの乙女の顔と瓜二つだったのです。

「どうかしなすったのかね」と、訝しげに村人が若者に振り返りました。

「あ、いえ、何でもありません」と、答えて努めて平静を繕っては見たものの、若者は体が硬直して動くことができませんでした。そして、大きく見開いた目は片時も弁財天からそらすことができませんでした。

「どうじゃ、美しかろう。こんなに美しい弁天様は他で見たことがない」と、住職が若者に訴えるように眼を細めました。

「ああ、有り難や、有り難や」と、村長が手を合わせると「ほんに美しいお姿じゃのう」「ずっとここに居てくださるとええんじゃがのう」村人たちも口々に弁財天を誉め称え、名残を惜しんでいました。

「しかし、約束は約束じゃからの。さ、舟へお運びもうせ」と、促す村長の声を合図に、白木の厨子に納められた弁財天は村の若者たちに抱えられて、足場の悪い石ころだらけの坂を下って渚に運ばれました。そこには既に、逞しく日焼けした数人の水夫たちが、一艘の小舟の周りで待ち構えていました。弁財天は船の奥に安置され、その隣に村長の名代が座り、付き添いの村人が一人これに同乗しました。

村長が、「向こうへ着いたらこの礼金を渡してくれ」と、弁天像を借り受けた謝礼の金子《きんす》を包んだ熨斗袋を名代に手渡し、「では頼んだぞ、くれぐれも気をつけての」と、付き添いの村人に声をかけました。そして周りの村人たちが船を沖へ押し出そうとした時です。

「あ、ちょっと、ちょっと待って、オイラも乗せてくれ」と、若者が脇から船に脚を掛けました。

「ん、何をする。でえじな使いで島へ渡るのじゃから、よそ者なんぞ乗せるわけにゃいかねえ」と、村人たちが拒みますと、若者は、「何を隠そう実はオイラはあの島の神官の息子で、親の言い付けで出向いた下総からの帰りだ。ここで遭遇したのも神仏のお導きで、オイラが同乗すれば道中も安泰間違いなしだ」と、言うのです。村人たちは驚いて顔を見合わせましたが、そう言われては無下に断る訳にも行くまいということになり、若者を乗せて船は沖へと漕ぎ出しました。

風は緩やかで波は穏やかでした。逞しい水夫達は代わる代わる櫓を漕いで、船足は順調でした。この分なら予定より早く島に着けるかもしれない、と名代と付き添いの村人は笑顔で語り合っていました。若者は暖かい日射しを浴びながら船縁に凭れ、乙女と過ごした日々を思い起こしていましたが、今自分がこうして舟に揺られているのがまるで夢のように思われるのでした。

そういえば、お互いに自分たちの素性や身の上については一度も話し合ったことがありません。若者は自分が獺だとは告げる訳にいきませんし、あえて乙女についても尋ねはしなかったのです。お互いにそんなことは知らずとも、乙女の楽曲に酔いしれ、他愛無い話にうち興じるだけで幸せでした。

もう、あの楽しい日々は二度と戻らないのでしょうか。そんなことを考えながら、ぼんやりと若者が輝く波間に見とれている時でした。いきなり艫《とも》の方でけたたましい悲鳴が上がりました。驚いた若者が身を起こすと、丁度名代に付き添っていた村人が海に転落したところでした。今しがたまで船を操っていた二人の水夫が、突然村人を海に突き落としたのです。

「おい、頭を割られたくなかったら、さっきの金をここへ出してもらおうか」

　水夫たちは、名代が弁財天を借り受けた礼として村長から手渡された金子を奪ってしまおうというのです。

「おい、おめえも痛い目に合わねえうちに自分から海へ入っちまったらどうだ」

と、日焼けした身体の大きな水夫が、船の鉤竿《かぎざお》を構えて若者ににじり寄りました。向い側では謝礼の金子を取り上げられた名代も海に放り込まれていました。若者は水夫の振り上げた鉤竿をすり抜けると、自分から海へと身を投げました。

　船の上では二人の水夫が、上手くいった、とにんまりとして、謝礼の金子を山分けしていました。

「ところでこいつはどうする」と、一人の水夫が弁財天を顎で示しました。

「このまま運んで行く訳にゃあ行くめえ、ここで海に捨てちまえばいいさ」と、もう一人が応えました。

二人の水夫は厨子に入ったままの弁財天を一緒に抱え上げると、掛け声もろとも海の中へと放り込んでしまいました。白木の厨子はゆらゆら揺れながら海の底へ沈んで行きました。

しかし、その時です。今まであれほど晴れ渡り明るかった空が俄《にわか》に曇りだし、風が吹き始めたのです。風はたちまち強くなり、それとともに波が高くなり、うねりも生じてきました。小さな船は波に運ばれてたちまち木の葉のように揺れだし、櫓も舵も全く効かなくなってしまいました。

驚いたのは水夫たちです。船を操るどころではなく、振り落とされないように船縁《ふなべり》に必死にしがみつくより仕方がありません。風はさらに強まり、海は大荒れになりました。

小山のような大波が小舟に襲いかかると、たちまち船は転覆し、水夫たちは奪った金子とともに逆巻く波に呑み込まれてしまいました。

一方、自ら海に飛び込んだ若者は少し離れた波間から船の様子を伺っていましたが、厨子が投げ込まれたと知るや、大急ぎでその後を追いました。厨子は大きくうねる潮に揉まれて揺れながら沈んで行きましたが、潮の力で厨子の扉は開かれ、中の弁財天が放り出されてしまいました。もう一刻の猶予もありません。

たちまち若者の身体は逞しい獺の姿に戻ると、矢のような早さで海中を泳ぎ、海底に着く前の弁財天の下に潜り込むと背中で思い切り押し上げました。魚たちでさえ、こんな荒れ狂う時化《しけ》の時には岩陰や海藻の林の中で、じっと嵐の過ぎ去るのを待つものです。若く逞しい身体の獺とはいえ、重い弁天像を背負いながら泳ぐのは並大抵のことではありませんでした。一生懸命に手足と尾を動かし、身体全体を使って泳がないと沈んでしまいますし、少し油断すると直に横波に煽られて傾き、背中に負った弁財天がずり落ちてしまいます。力強く、それでいてバランスを上手に取りながら、細心の注意を払いつつ泳ぎ続けなければなりません。

少し泳ぐともう疲れて息が切れてきました。海面から少し鼻を出して大きく息を吸い込みましたが、こうして海面に近づくと荒波の影響を一層強く受けるので、急いでまた海中に潜らなければならないのです。しかし、海の中も潮が大きくうねっています。荒れる海の中は水が濁って周囲の景色もよく見えず、まるで自分だけが同じ場所でもがいているようです。若者は懸命に泳ぎましたが、少しも前に進んでいる気がしません。重い背の荷が潮で流され落ちないように気遣いながら泳ぐのは、それだけでも大変でした。

どれほど泳いだのでしょう。そんなに長く泳いだ訳ではありません。荒れ狂う海の中を重い荷を背負って泳ぐのですから、並大抵ではなく、確かに普通の獺なら直ぐに音を上げるでしょうが、屈強な若者なら未だ未だこれしきでへこたれることはない筈です。ところが今日は何故か力が入らず、息が切れて苦しくてたまりません。おかしい。今日は何故こんなに力が入らず、苦しいのだろう、と若者は訝しく思いましたが、その時彼の脳裏には、古老の「よいか、変身の術はくれぐれも使い過ぎないように。生気を使い果たして死んでしまうかもしれないぞ」という忠告が思い出されました。確かに自分は毎日毎日乙女に会うために変身を繰り返していたのですから、相当生気を消耗していたに違いないのです。

今もう少し、もう少しだけ私に力を残してください、と心に祈りながら懸命に泳ぎ続けようとしても、急速に力を失った彼は、もはや水面に浮かび上がって呼吸を継ぐことさえ出来なくなってきました。重い背中の荷を振り落としてしまえば、自分だけなら未だ何とかなるかもしれません。しかし、彼にはそんな考えは露ほども浮かびませんでした。一旦振り落としてしまえば、弁天像は強い潮に流されてしまい、このみそ汁の中のように濁った海の中では、彼でさえ二度と見つけるのは困難でしょう。身体は疲れ果ててこれ以上泳ぎ続けることは出来ません。呼吸は出来ず、苦しくて目がかすんで、意識が遠のいて行きます。ああ、もう無理だこれ以上は進めない、と彼は観念し、ついに泳ぐことを諦めました。

するとその時、ふと薄れ行く意識の中で、彼は誰かの囁くような声を耳にしたのです。囁くような歌うようなその声は彼の名を呼んでいるようです。その声はあの懐かしい琵琶と横笛の音に乗って、彼の耳に聞こえてきました。何を間違えましょう。確かにそれはあの愛する乙女の優しい鈴のような呼び声でした。その声に一心に耳を傾けていると、不思議なことに身体の疲れも呼吸の苦しさもすーっと取れて、とても心地よくなってきました。彼は美しい音楽と優しい呼び声に包まれながら、うっとりとまどろんで行きました。

翌朝は昨日の暴風が嘘のように消え去り、暖かい日射しが穏やかな波間に反射していました。中江島の東の浜では朝から島人が大勢集まって大騒ぎしていました。朝早く海の様子を見に浜へ来た島人の一人が、浜辺に打ち上げられた弁天像を見つけ、みんなに知らせたのです。弁天像の傍らには、これに寄り添うようにして一匹の若い獺が息絶えていました。獺の表情は穏やかでまるで眠っているようでした。弁天像が打ち上げられたというので、早速、島の神社の神主が呼ばれたのですが、神主は腰も抜かさぬばかりに驚きました。浜辺に打ち上げられた弁天像は、まさに元牧村から頼まれて貸し出した島の弁天像そのものだったからです。

獺が大事な弁天様を運んで来てくれた。この話はたちまち島中に知れ渡り、人々は総出で弁天像を元の神社に安置すると、獺を懇ろに弔《とむら》ってやりました。

やがて元牧村からの使者が来てことの顛末が次第に詳らかになるや、彼らは不思議な獺を弁財天の使いと考えて神社に一緒に祭ることにしました。獺に擬《ぎ》した小さな石を弁天堂の脇に置き、獺石《だっせき》と呼んで、弁天様とともにお参りするようになったのです。

獺を祭って以来、誰が言い出したのやら、縁結びのご利益があるとして、ことに若者たちにはたいそう評判になりました。嘗ては島の外からも、人々が参拝に遣ってくるほどだったそうです。そして、獺と弁財天が逢瀬を重ねた元牧村の祠辺りは、弁財天にちなんでなのでしょうか、その後、十二天と呼ばれるようになったと聞いています。

獺石と呼ばれたこの石は、いつぞやのあの大津波、あれが来るまでは確かにそこにあったと聞いています。ですが、あの地震と津波で中江島も大きな被害を被ったそうで。その後はどうなってしまったものか。私も気になっているのですが、ご覧の通り寄る年波で、もう出掛けることはできません。近頃では物の覚えも悪くなりまして、昔聞いたこの獺石の話も、実は大分うろ覚えでしてね。ひょっとしたら、何か別の話と取り違えたり、酷《ひど》い思い違いをお話ししたりしただけかも知れんのです。もし中江島へ渡られる折でもあれば、獺石の消息を是非ご自分で確かめてみてください。

おわりに

「松代夜話」は、長野市松代地区に伝わる民話を元に創作した物語です。私は、嘗て信州松本の古本屋で偶然手にした民話に心を魅かれ、そのあらすじをメモに残していました。元の古書は転居の際に紛失しましたが、残っていたメモを元にして、書き上げることができたのが「松代夜話」です。

元の古書の題名も覚えていませんが、著者が乙部という方だったのは記憶にあります。「松代夜話」の作品中で、私に物語ってくれた研究生の名が乙部なのは、そういう理由なのです。そして、現在も松代近郊に住み、方言その他、作品へのアドバイスを頂戴したＩ氏とは、彼が製薬会社からの研究生だった時に、北陸の大学で知己を得ました。Ｉ氏からの紹介で知己を得た元大学教授のＳ氏共々、地元の方目線での多くの助言を戴きました。深く感謝いたします。

また、松代の方言については、信濃毎日新聞社から公開された「70年前の長野の方言」の録音がとても参考になりました。関係者の方々に紙面を借りてお礼申し上げます。

「鯉」は私が育った神奈川県の一地方を舞台に書き上げた創作ですが、ここでもその方言やその地方独特の雰囲気など、地元の旧友であるＩ君に丁寧なアドバイスを戴きました。その辺りの風景の移り変わりは、私の記憶にも印象深く刻まれています。そういえば、最近ではこの地でも、明るく歓声をあげながら走り回る子供たちや、鯉のぼりが泳ぐ姿を、とんと見なくなりました。

「十二天」は、滅び行くもの、あるいは既に滅んでしまったものへの挽歌のつもりで書いたものです。ニホンカワウソのみならず、明治時代以降でも、我が国では既に、ニホンオオカミ、朱鷺など多くの固有種が絶滅あるいは絶滅の危機に瀕しています。そして、大切に受け継がれてきた習俗や文化にも同じことが言えそうです。一度絶滅したものは、生物にしろ習俗・文化にしろ、再び蘇らせることは極めて困難ではないでしょうか。

本書が、温かく懐かしい記憶の断片《かけら》と、仄かに痕跡をとどめる貴重な心の遺産に、思いを馳せる縁《よすが》になれるならば、筆者として望外の喜びとするところです。

追補として、所属する業界の機関誌に嘗て寄稿した、とりこ（とりご）習俗についての拙文を、恥を忍んで収載いたしましたので、序での折りにでも一読戴ければ幸いです。

とりこ（とりご）の習俗に想う

「とりこ」という風習をご存知の方はどれほどいるでしょう。愛しい彼女または彼氏のとりこになるという「とりこ」ではありません。「とりこ」または「とりご」と呼ばれ、「取（り）子」または「取（り）児」と書きます。

この我が国独特の習俗は、大切な我が子を、神仏や第三者の養子や仮の子供として預け、その健やかな成長を祈願するという習俗です。以前調べた時には東北地方に多いと記憶していたのですが、意外と嘗ては全国的に見られた習俗のようです。

掛替えのない大切な子供を霊的な強い力に護ってもらおうとするこの発想

は鎌倉時代からあるようです。その昔、天下人豊臣秀吉が、最愛の児秀頼を「拾」と名付けたのも、乳母日傘と育てられた児より、むしろ拾ってきた素性の分からない卑しい子供の方が良く育つ、と信じられていたからだそうですが、これも「とりこ」の習俗に通じる発想ではないでしょうか。

私の父母が眠る新潟県の寺には、今なおこの習俗がしっかりと残されています。「子育延命地蔵」を本尊に祀る寺だからでしょうが、いまなお近郷近在から我が子を地蔵の「とりご」にしてもらいたいと願う人々が、子供の写真を納めに大勢やってくるのです。

神仏の「とりこ」にする育児習俗には、神仏に供え物をする、護符を受ける、弟子入りする、一定期間預ける、名付け親になってもらう、など様々な形態があります。中には、社寺の門前に生児を一旦捨て、神官や僧侶に拾ってもらってから改めて貰い受ける、といった形態まであるそうです。

父母の菩提寺では、裏にその子の生年月日を記した写真を奉納し、祈祷してもらうという形態をとっていて、寺の本堂には納められた幼子の写真が所狭しと掲げられ壮観でした。

何時の世も、我が子の無事な成長を願う親の気持ちには変わりがありません。今日では周産期医療が昔とは見違えるほど進歩したとはいえ、出産の高齢化と少子化がますます進み行く我国では、神仏に頼りたくなる親の気持ちはこの先も衰えることはないに違いないと、墓参がてら、奉納された夥しい写真を眺めながら想いに耽った私でした。

参考文献：中野東禅　地蔵菩薩による「とりこ」信仰の実態（駒澤大学仏教学部研究紀要、第52号、平成5年3月）

茂林寺（新潟県）本堂に掲げられた「取り子」の写真

〈著者略歴〉
しのぶひろ
本名　河村　攻。神奈川県出身。医師、薬剤師、三文文士。
著書に、「あなたへ贈る童話」（電子書籍　オーディオブック、22 世紀アート）があり、
本名の河村攻として、「なぜ治らないの？と思ったら読む本」（ハート出版）、「ハイブリッド医療のすすめ」（電子書籍、22 世紀アート）がある。

松代夜話・鯉　他１話　〜あなたへ贈る小さな物語〜
2023 年 11 月 30 日　　初版発行

著者　　　しのぶひろ
校正協力　森こと美
発行者　　千葉慎也
発行所　　合同会社 AmazingAdventure
（東京本社）東京都中央区日本橋 3-2-14
新槇町ビル別館第一 2 階
（発行所）三重県四日市市あかつき台 1-2-108
電話　050-3575-2199
E-mail info@amazing-adventure.net
発売元　　星雲社（共同出版社・流通責任出版社）
〒112-0005 東京都文京区水道 1-3-30
電話　03-3868-3275
印刷・製本　シナノ書籍印刷

ISBN978-4-434-33049-0　　C0093